緑景

磯貝景美江

思潮社

緑景　磯貝景美江詩集

思潮社

目次

カバー写真　磯貝みゆき（クロアチアにて）

緑景

雲上に生きる

銀色に純白に
やや黄金色も添えて
光り輝く雲が大きく高く
勇壮に湧きあがって来る

遠く近く幾重にも連らなる
鮮やかな山裾を覆い尽くし
目の前の風景に吸い寄せられる

かつて幼児が這い、立ち
滴る緑の涼風を子守歌にのせて
添い寝もして来たぬくもりが漂う

小さな手垢の沁みは
何ものにも替えられないが
襖をいっせいに張り替えると
真新しい
生まれたばかりの雲海となった

それは襖の
明るいアイボリの和紙の地に
描き出された名画から
さわやかな空気が立ちのぼり

何処までも展ける
大自然が生み出した
パノラマだ

日々雲の上で目覚め
雲の上に眠る

ŻYJE CODZIENNIE NAD CHMURAMI

Srebrzysto białe
I nieco złote
Tuż u wysokich I dużych szczytów
Wyrastają wśród nich śmiało

Pochłaniam ten widok przede mną
Który przykrywa wszystko pod górami
Do dziś z bliska i daleka to samo wyaźny

Kiedyś moja wnuczka była jeszcze bardzo maleńka
Pełzała jako niemowlę próbując wstawać
Spałam razem z nią śpiewając jej kołysanki
Pachnące świeżym zielonym wiatrem
Tak z bliska, jak i daleka ciepło

Kilka maleńkich plam na papierowych drzwiach
to niepowtarzalne pamiątki z dawnych czasów
Ale kiendy zaczęłaṃ wszystko odnawiać
Barwy odżyły świezym morzem chmur,
Tuż po urodzeniu.

To jest jedyna panorama
Która powstała z Wielkiej Natury
Namalowana na tradycyjnych japońskich
Papierowych drzwiach

Codziennie gdy obudzę się
Wiem, że znów spałam nad chmurami.

つかだみちこ訳

出逢い

一九九九年ポーランドのワルシャワの六月は、街も落ちついて多彩な緑が美しかった。ピアノの詩人ショパンの生誕の国なので、親近感がそそがれ、降って涌いたような国際ペンワルシャワ大会は、絶好の機会でもあった。

大会会場のワルシャワ大学から、私が滞在していたホテルは、ヴィクトリア・インターコンチネンタルで、外観も設備も近代的で歩いても五分程度であった。

この大会に日本から同じく出席された、かつてはワルシャワ大学に留学していたというつかだみちこさんもご一緒だった。

帰国してからも、著作や作品を交換しているうちに、ポーランド研究家であり、作家であり、ポーランドのノーベル文学賞を受賞したシンボルスカ訳詩集も、土曜美術社出版販売から出版されていたこともわかった。

彼女のヴィスワヴァ「シンボルスカ詩集」の年譜によると、一九二三年中部ポーランド近郊プニンに生まれ、一四歳でドストエフスキーを読破。フランス語、ラテン語、美術史等を学び、一九九六年（七三歳）エッセイ集「課外読書」出版。ポーランド・ペンクラブ受賞、五日後にノーベル文学賞受賞。一九九九年（七六歳）国際ペンワルシャワ大会で、「こんな人々」を朗読した。

つかだみちこさんは、真面目で誠実な人柄である。彼女の紹介で今までポーランドの青少年の雑誌ＩＳＫＲＡ（火花）やポーランドの国際詩祭のアンソロジーにも、再度彼女自ら翻訳してくれている。最近両誌の編集者の要請で、私の写真住所略歴等翻訳して、ポーランドに送付してくれているが彼女自身のことで精いっぱいのはずなのに。

ポーランドで出される二〇〇七年の、年内に出版される両誌に、彼女は今私の作品の翻訳に汗を流してくれている。私も彼女の誠心誠意には、精いっぱい応えたいと思っている。

人の出逢いは悲喜こもごもである。無意識のうちに、次から次へと自他共に傷つけてしまったり、あらゆる罪業や悪に転落させられてしまう、出逢いもあるからだ。

ペンは人なり、力なり。相手から見ても、生涯の宝である、「出逢い」でありたいと思う。

うぐいすの声

かなり前から
最寄りの駅の周辺から
うぐいすの声が聞こえる
森や林や谷川があるわけではないが
寒空にたしかな
一声千金の春の声に
思わず足を止めてしまう

真夏に
蝉が鳴き立てる中でも
一際高く
照り返す炎天に
水しぶきを噴き上げるさわやかさで
あたり一面涼感滴らせる

うぐいすは声のみで
身元は判らない
ふるさとの山里は
桜梅桃李　美の饗宴の
風景の中で
触れて来た空気も人も温かかったかも

アメリカ発

世界同時不況の冷え込みに
光を呼び
太陽よ照らせとばかり
うぐいすの声は
同じ方向から聞こえて来る

同伴者

庭に花が咲き続いても
バラがないともの足りない
バラが姿を消してから
どのくらいの時間が過ぎたろうか

開花には早かったがバラ園に行った
てっぺんに小粒程のつぼみをつけた
三十センチくらいのバラの植木を買い

小踊りにはずみがついて
白いアーチに添えるように植えた

日に何回もバラに吸い寄せられ
私の呼吸に合わせるよう
つぼみは三倍四倍にふくらんで来た
少し紅をのぞかせて

四季咲き　八重咲き　色冴え濃く
姿にふさわしい高貴な匂い
渇望して止まなかった大輪の紅ばら
その名はマリア・カラス

二十年アイボリ色の壁の家に住み
深緑の屋根の外装も済んで

時を同じくバラも落ちついたらしい
二重三重の喜びで
何十年にも等しい
新しい尊い寿命を貰ったようだ

眺めたい時に眺められ
触れたい時に触れられる
四六時中共に出来る
ひとつの風景の中のバラも家も
私の同伴者だ

アルトゥール・グラボフスキ 絵

Mogę to robić przez cały czas
Róża i dom w jednym pejzażu
To również moja towarzyszka życia

つかだみちこ訳

TOWARZYSKA ŻYCIA

W ogrodzie ciągle kwitną jakieś kwiaty
Ale nie ma ani jednej róży
Czuję, że czegoś brakuje
Ile już czasu minęło odkąd straciłam ulubione róże
W końcu wybrałam się do ogrdu różanego

Jeszcze było wcześnie i róże nie kwitły
Kupiłam niedużą sadzonkę
Nie sięgała mi nawet do kolan
A pączki kwiatów były maleńkie jak ziarenka

Zasadziłam przy białej drabince
Wiele razy zaglądałam do róży
Pączki robiły się coraz większe
Aż pewnego dnia zaczęły się czerwienić

Ta róża kwitnie cztery w roku
Ma podwójne płatki
Żywy i intensywny kolor
Tak pragnęłam od dawna mieć dużą czerwoną różę
Nazywa się Maria Callas

Od 20 lat mieszkam w domu, ktróty był zawsze beżowy
Ale ostatnio przemalowałam dach na kolor oliwkowy
A róza teraz ma swój najlepszy czas
Czuję się tak, jabkym się na nowo narodziła
Jestem bardzo szczęśliwa
Oglądam różę, kiedy chcę
Dotykam jej też, kiedy chcę

来訪者

庭に亀がいた
近くに飼い主がいた様子もなく
湾岸道路沿いの公園の池から
這い出してくる距離でもない
大きさも体型もありふれた草亀である
住みついて一年

近づくと底に水を張った籠の中で

小さな両眼で見据えてから
無気味に首を伸ばし
淡桃色の口を開けて餌を待っている
針の先程の鼻穴とは

ここは幕張新都心の隣接地帯
企業庁が十年計画で埋め立てた
区切りも形もない海を買った
縁あって

転居後だった
車庫に小石を蒔き散らしたような
かたつむりの大群に棒立ちする瞬時もなく
車が入って来る寸前
箒と塵取りで裏の空地まで

一匹残らず移動に走ったり

もしかして
新しい季節の出会いの中で
青い空の下の浅瀬の海が
とんぼも止まる緑の湿地帯が
亀やかたつむりの安息地だったかも
隣り同士、似たもの同士の深い縁だったかも

その地に新しい町が幾つか出来
今、どっかり、人々が住んでいる

名前

名前は両親からの初めての贈りもの
呼ばれたり、使ったり
身心に刻印されて来た

学生の頃新任の教師たちは
相談したかのよう
名前の由来を聞いてくるようにと
席まで来て

いとこに同じ年が三人いた
一人は幼くして夭折
一人は病弱でひっそり暮らしている
「私の子の分まで生きて」
「あなたは元気でりんごのように」
いくつもの視線が背中に届いていた

後々に友人から時を同じく
景美《けいみ》に
男児だから景見《けいみ》に
名前の一字を子供に下さいという
名前の分身ができたのだ

今となっては

私を染めたいように染め
飛んだり跳ねたり
走りたいように走って
私なりの空気をたっぷり吸って来た

落ちこぼれることもなく
歩幅の中で歩いて来られた名前と共に
来世までも同じでいい

脱皮

目の前の今しなくてはならいないことが
数珠つなぎになって　ここ何年となく
新年も年末も大掃除にも　どっぷり漬かれなかった

だから梅雨あけと同時に
異例な猛暑襲来などと　ひっ込んでいられなかった
私の大地の草の根をかき分け
片づけのため物から物へ　部屋から室へ

片端から目を通す

長く使って五体の一部になったもの
心に溶けてしまったもの
あきらめ　思い切る取捨選択の作業を続け
収納できなくなったものへの鎮魂歌や
悲痛な慟哭を聞きながら

私の新年や年末はずれてもいい
日々ひと息つける安息の時
新しく立ち向かうきり替えの時かも知れない
これから私自身の　三百六十五日のカレンダーを創らねば

いくらあっても足りない時間を注いで
大がかりな家の中の移動であっても

なお、からみついてくる日用品を放出し
真夏の熱風に蒸されながら
新しく歩き出すための脱皮だった

ロンドンの夜景

ロンドンを発つ前日の八月二十日
ウェストミンスター寺院の芝生で
書いた絵はがきを私あてに出してから
一週間になるという

「ありがとう……そのうちに着くと思う」
に続く通話は
お互いに踏んで来た

エジンバラの大地だった

十日過ぎ二十日待っても届かない
何処でどのように迷子になっているのか
捜索願いを
ロンドンでも国内でも出したいくらい

青い暮色のベールに包まれた
テムズ河畔に白灯が立ち並んで
時計塔ビック・ベンは
五時四十分を告げている

私は机上で
ロンドンの夜景の絵はがきに
魂を吸い取られている

一ヶ月かかって無事に届けられた
その日から

フレデリック・ショパン

ショパンの曲をはじめて聞いた時から
惹きつけられてきた
うたいあげる甘美と哀感を

生いたちや環境は
不幸でも貧しくもなく
ピアノは日々の一部になっていた

子供の頃から目に見えて光っていて
ウィーンでデビューし
スコットランド、パリと
ショパンの舞台は世界になった

ワルシャワはショパンを生み
育てた大地だ
ポーランドのみでなく
人類のかけがえのない財産である

生家の壮麗な庭園で
コンサートを聞いた
ふるえる胸を抑えながら
私は生きているショパンを
尋ねている思いだった

室内にはショパンの生まれた室や
出生証明書や
生前弾いたピアノを見て
遠い存在の天才が
いちばん身近かに生き生きと迫って来た

Fryderyk Chopin

Od kiedy po raz pierwszy
Słyszałam muzykę Chopina
Jestem zafascynowana jego utworami
Szczególnie ich melodyjno i śpiewnych zależności

Jego dzieciństwo i otoczenie
Nie było tak mizerne i biedne
Ale już wtedy gra na fortepianie
Była częścią jego życia
Od dziecka był bardzo utalentowany
Debiutował w Wiedniu
Koncertując w Szkocji i Paryżu
I dalej okazało się, że cały świat jest
Jego sceną.
Warszawa urodziła Chopina i wychowała
Chopin jest niesłychanym-ponadnarodowym
skarbem ludzkości
Nie tylko Polskim

Słuchałam jego koncertu w jego miejscu urodzenia
W Dworku w Żelazowej Woli otoczonego
Przepięknym ogrodem.
Słuchałam trzymając się za drżące serce
Czułam, że jestem na spotkaniu
Z rozmawiam żywym Chopinem.
W dworku, kiedy oglądałam własnym oczami
jego pokój w którym się urodził i świadectwo urodzenia

I fortepian na którym grywał
Czytałam, że sam Chopin jest tuż obok, blisko
Chociaż jest tak daleki, niedościgly swym geniuszem

つかだみちこ訳

蒔く

私を満たす
やわらかく澄んだ時を光らせて
私を精いっぱい活かせる
目に見える
見えない
種を身辺に蒔いている

目に見える

見えない
収穫が時や長い時間を濾過して
天空の万華鏡に輝きながら

夏の最も清涼な夕焼けの空から
高貴なものが
真っ直ぐに降りて来るようで
その度私は両手を拡げて
全身で受けとめる

大地の光の中を
ひたすら歩いて
種を選り抜きながら
日々、せっせと蒔き続けている

緑茶

生き生きとした新緑の
さわやかな一日の始めに
茶の間に集まってくる子々孫々と
心を向き合わせている時が
ずっとこのまま
滔々とした流れが続くよう
祈りや願いと　ありがとうの
思いやりも含ませている

だから新しい朝を迎える度
家族の湯のみに
緑茶をそそぐと
緑深い香りと鮮やかな緑の
ベールに包まれる

遠い幼い日　目覚めると
朝が早い祖父母や　父母も
緑茶を飲んでいた
緑茶しか縁のない時代だったが
絆を結びつけていたのだろう
四世帯家族は幸も不幸も
運命共同体だった

緑茶は古くから飲み継がれて来ても
日々なおなくてはならない存在だ
人との和には真っ先に重宝がられて
海外ではジャパニーズティーの
名前まで貰い
王座に光り輝いている

柿の詩

庭に柿の芽が自然に出てから
八年目に初めて三十箇も実をつけた
桃栗三年柿八年とは誰の言葉だろうか
渋柿だが毎年のように
一〇〇箇二〇〇箇近くの数だった

見事ですねと珍しいのか

門塀の外にも垂れさがる実を
撫でまわして行く人々も

日々の交流のお礼に届けた
近くの婦人が
柿にあふれる愛情や知恵や手によって
勝れた干し柿やアルコールで漬けた美味を
再び私の食卓を盛りあげてくれたのだ
見様見真似を試みた
私の唯一の見本にもなった

渋柿も青虫ももう真っ平よ
手に負えないからいっそ処分でもと
突然押しかけて来た客を
冷視してきたような気持ちが

私の心の中に浮き沈みしていたが
きれいさっぱり消えていた

暖かい血が通う柿に
詫びたいのだ
枝先の隅々までも
今年は休まれることを
根元にたっぷり
きれいな水を注ぎながら
長いことごめんね

森と湖と詩人の国を

ヘルシンキやフィンランドを抱え込む
バルト海のボスニア湾上に
シリヤラインやバイキングラインの
巨大で豪華なフェリーは
世界の港から港へ
旅人の心を魅了しながら
今、目の前に接岸している

宇宙創造から詩人の誕生までの
フィンランドの民族叙事詩カレワラ
それは老人ワイナミヨイネンを主人公とする
二二七九五行の大長篇である

原初の暗黒な海をみごもったまま
漂っていた乙女の膝に小鳥が巣をつくり
卵を産んだがころげ落ちてしまった
こわれた卵のからは天と地になり
黄味は太陽、白味から月が生まれた

なお、古代フィンランドで
いちばん尊敬されたのは
資産家や、社長でも、政治家でもなく
詩人だった

ワイナミヨイネンは大詩人であり
知恵と詩の力等で
人類に必要なものすべてを創りだした

思っても見なかった
森と湖と詩人の国を

スイスアルプス

雲ひとつない夏空の下
視界いっぱいに展けるスイスアルプスの
アイガー、メンヒ、ユングフラウ等
まばゆい頂きの残雪が光を放ち
巨大な肩を組み翼を拡げ
堂々と世界の人々を招き寄せている

列車がアイガー、メンヒの中腹を突き抜け

氷の宮殿の中を掴まり歩いて
ユングフラウの展望台に立った
大自然が創り出す壮大なパノラマだ
過ぎ去った遠い日々から持ち続けた
ひそかな憧れが連れ出してくれたのか

たっぷり冷気を含んだ青い風を吸い
新しく蘇った五体は
生きて来た年齢の塵を一気に洗い流す
小さな小さな
忘れものをして来たからではない
日々脳裏にスイスアルプスが
眼底から浮きあがっては点滅する

gdzieś bardzo głęboko
zapadły te obrazy i widoki Alp Szwajcarskich
w zakamarkach mego mózgu wciąż tkwią.

つかだみちこ訳

ALPY SZWAJCARSKIE

Pod Wielkim Niebem Lata
Czystego nieba bez jednego obłoku
Rozciąga się Panorama Alp Szwajcarskich
Miedzy Iger, Mehi i Jugfrau
Po oślepiający śnieg szczytów rozsypuje się światło
Obejmując ogromnymi ramionami
Niczym rozłożyste skrzydła
zapraszają ludzi z Całego Świata
Tymczasem pociąg przebija się przez góry Iger i
Mehi

Spacerowałam tu i tam wokół Pałacu Ludowego
aż stanąłem przed Obserwatorium
Znajduję się przed mną
wciąż wspaniała Panorama
stworzana przez Wielka Panią Naturę.
Czy przyprowadziła mnie tu dawna tęsknota
za przeszłością, tym co minęło,
co mnie tu przyprowadziło?
Moje ciało odżywiało się tym niesamowitym
widokiem,
oddychając niebieskim wiatrem gór.
Obmyło mnie z kurzu
wyrzuciło z wnętrza wszystkie brudy.

Nie wzięłam aparatu fotograficznego,
ale to drobiazg...
Sfotografowałam to oczyma,

姿見

姿勢がどうなのか
私が私を見ることができない
買いものついでに
気になっていた姿見を取り寄せた

和、洋タンス三点揃えて
私と共に輿入れした三面鏡がすでに
決まった場所に鎮座している

かつて真新しかった三面鏡は
時代の先端の出現で華やぎ
珍しがられたが
今はちらり　さらり
付かず離れず

置き場のない姿見が不憫に思えて
誰にも何ものにも差し障りのない
書斎の片隅に立てかけた
全身を映せば
私以上も以下も映さず
もうひとりの私に逢う

前を向き右に左に姿見に向かって

背を伸ばし足をそらし胸を張り
五体の点検を
いっそ　ぴかり　心も映せ
年波など寄せつけるな
私にだけ注ぐ
総監督の指揮で

クロッカスの詩

寒冷が張りつめた大気の中で
地を割ってクロッカスの
みずみずしい緑の芽が
年々数を増して来た

その後何日も経たないのに
自然は前へ前へ動きまわっていて
人差し指程の長さの細い葉に

根元から抱きかかえられ支えられて
紫のつぼみをつけていた

ヨーロッパ原産というが
誰かが植え　蒔いたわけでもないのに
場所を選んだのか
私の室の窓からは真正面に
小さな庭でも門扉に入ると左の足もとに
一日中陽光も降りそそぐ
人目につく特等席だ

まだ庭の花たちが眼を閉じて
春の目覚めを待っている間
時を選んだのか
季節のさきがけに凛として

天を向いて咲いている

やっと歩き初めた幼児たちが
今　いっせいに立ちあがって
手をつないでいるようだ
思わず歓声をあげ
私は拍手を送り続ける

KROKUSY

Coraz więcej wyrasta zielonych pąków
Tak pojawiają się świeże krokusy
pookrywają ziemię gdy od niej wieje
chłodem zimnego powietrza
Jeszcze chwila i już kuszą fioletem pączków
obejmowanych zielonymi liśćmi
A ich długość niczym palce wskazujące dłoni
wypełzlynch z korzeni pani natury.
Mówią, że są pochodzenia Europejskiego
chociaż nikt ich tu nie zasiał, nie zasądził
Ale one akurat wybrały mój ogród tuż za moim
oknem
ogród chociaż mały, ale uroczy
gdyż cały czas w miejscy nasłonecznionym.
To chwile gdy jeszcze inne kwiaty mają zamknięte
oczy
dopiero oczekują przebudzenia z wiosną...
Krokusy być może same wybrały ten czas,
aby pierwsze w kwitnąć na jej powitanie wprost ku
niebu
Jako najdzielniejszy zwiastun nadchodzącej wiosny
Jak niemowlęta, które uczą się chodzić
Nim wszyscy staną razem trzymając się za ręce
Uniosą je w górę jak krokusy wykrzykną
Oczekując oklasków.

つかだみちこ訳
アンジェイ・グラボフスキ監修

青い海

かたち創られて来た
それでいて区切りのない
脚下の地ならしをして
立ち上がったばかりの私は
深呼吸や跳躍をくり返し
遠く濃く光る緑に
生命が蘇える

住み心地がよいのか
前ぶれもなく居住権もないのに
胃に吸いついてしまったポリープが
一つや二つでなく
三つや四つでもなく

生まれたばかりの微粒子たちだ
おとなしく悪ものでないというが
根こそぎ異物に
据え変えられることがあるのだろうか

胃から目も心も離さず
私の持つ願いや思いを
ひとつの炎にして燃えあがらせ
ポリープをきれいさっぱり焼きつくす

私の身心を日々満たし
滔滔と浸している
清涼な青い海に洗い流すのだ

躍動（2）

今、私に湧きあがる歓びがあるなら
大過なく日々を過ごせるなら
自由と呼べるものがあるなら
過ぎた遠い日から
太陽の明るさや温かさに似た
人々に出逢う度
それとなく最も私らしく
方向づけられてきたのかも知れない

自身の裏側にも鞭を当て続けて

なお、あたりの空気を読みながら
人それぞれ歩いて行く地図も
晴れの日やどしゃ降りの予報もない
ついて廻るめぐり合わせの
善し悪しを
選り取ることができない

今、新都心に隣接する
新しい町に
すっきりたっぷりしている区画の
道路や公園の隅々まで
一際青く光る緑が噴きあげている

四六時中
風は透明にあったりなかったり
かけがえのない視界で身心が洗われる
何処よりも私の永住の地だ

行き止まりのない
未来のページに記すまで
爪先からすでに熱っぽく伝わってくる

ある光景

健康第一と
あるかないかの時間に
モダンやラテンのステップを
辛うじて繋ぎ止めてきた

国際ペンウィーン大会歓迎の
舞踏会にちらり
肩に掛けたスカーフが

一度使ったまま箪笥に眠っていた

映画「会議は踊る」と同じ会場で
黒や純白のドレスで
ウィーンの青年男女たちが
一糸乱れない入場は
この世のものとは思えない流麗さだった

二組　三組　青年男女が踊り出してから
各国の参加者も熱く光彩を放ちながら
舞踏会は躍動する
ひとつの渦の花になった

オーストリアの王宮や至宝から
ウィーンの森　隅々まで

丸ごと詩であり　絵であり
音楽であり　芸術であり　文化である

いま　息を吹き返し
まぶしい雄壮な映像も　音響も
音を立てて　私に乗り移ってきた

スカーフは淡いクリーム色地の四辺に
咲いたばかりの紅ばらや緑の葉が
その日のままだ

桜梅桃李の花

同じ地球上に生まれ合わせて
ひとりひとりの姿やかたち
目的も使命も違う桜梅桃李

自らそれぞれの場所で土地で
大地を潤す泉となり清水となり
太陽となり月となり照らし照らされ
凛と花咲く桜梅桃李

青い空にみずみずしい瞳を
輝かせながら
世界のすみずみまで
真っすぐ見据えて
他人《ひと》のため自分のためにも
今、何ができるかを――

緑は足元から彩らせ
小鳥も詩《うた》うであろう
永遠の緑を繁茂させるため
近くであれ遠くであれ
枝々の根元からていねいに
きめ細かい平和な滴を注ぐ

形あるものは形あるように
日々生々世々前へ前へ
桜梅桃李の眼をさらに磨こう
同じ太陽でも毎日新しい太陽が昇ってくる

Blossoms of Cherry, Plum, Peach and Pear

They appear on this, the one and the same Earth,
in different shapes and forms,
each according to its own purpose and reason for being :
cherry, plum, peach and pear.

In the ground where they grow, in this land or that land,
they become the spring that freshens the great Earth.
They are the sunshine, they are the moonlight ; they shine and are shone upon.
How fiercely they blossom, those cherries, plums, peaches and pears!

Against the blue of the sky, how they shine,
like sparkling eyes that search the world from corner to corner
as if to ask, Is there anything I can do for you?
They bloom for their own sake as well as for others.

May green color the earth from the ground up, and
birds become their songs!
Whether here or there, that the world may be lush with life forevermore,
let delicate droplets of peace pour forth from each and every branch!

They, blessed with shape and form, give shape and form
to each day, each life, each age in endless progress.
Cherries, plums, peaches and pears-renewing and refining themselves
just as the sun, always the same sun, rises anew each and every day.

English translation by Celine Nisaragi

あとがきにかえて

十八年ぶりの詩集出版となった。

かつては文学とは縁遠い生活の中で、あたかも喉の渇きを癒すように求め続け、探し続けてきた私なりのささやかな詩や小説の世界は、私の生活環境が大きく変って、気がついてみるといつの間にか、すぐ身近にあった。

詩作に専念出来るようになり、私を支え励ましてくれる多くの先輩や仲間に囲まれていた。「時」というものはありがたいと思う。

幸いにも私はソウルや台湾での世界詩人大会、アジア詩人大会に参加する機会があり、その後、ヨーロッパ、南米、メキシコ、オーストラリア、北欧などの国際ペン大会にも参加出来た。

そして一昨年秋、「二〇一〇国際ペン東京大会」が東京で開かれた。

私が海外の国際ペン大会に参加した折、いつも親切にしてくれ、私も好感を持っていた女性がいた。ヘルシンキ大会の時、その方が主催国の会長のノールドグレーン・エリザベスさんと知り、驚くやら嬉しいやら。

ヘルシンキ大会の閉会後、エリザベスさんの案内で、有志たちは三台の大型観光バスに乗って、一路サンクトペテルブルグへ。二泊三日の旅だった。エルミタージュ美術館や「白鳥の湖」のバレエ鑑賞、ロシアの文豪や詩人の博物館、文学記念館の案内など、いたれり尽くせりのもてなしに感激した。

そのエリザベスさんも今回の東京大会に来日され、私は涙が出るほど嬉しく懐しかった。

この東京大会を記念して、ペンクラブの詩人たち有志による「国際詩人アンソロジー」が刊行された。

内容は東京大会のテーマ「環境と文学」にちなんで「環境」である。何度も会合を重ね自作の詩に英語かフランス語の訳もつけることになった。そのアンソロジーに、私も「桜梅桃李の花」を載せて頂いた。

私としてはいい記念になり、この機会につたないながらも懸命に書いた作品を、まとめることにした次第である。

詩作のほうでは「日本未来派」の編集長の西岡光秋さんや、先ごろ「桑原武夫学芸賞」を受賞した平林敏彦さんには、幸甚にも常日頃からお世話になっている。

また日本テレビの「朝の詩《ポエム》」という番組で、私の初期の詩集から何篇か放映してもらったが、当時の苦闘を知る作家の高橋光子さんから、その詩を作ったときの心境を書いてみてはと勧められ、同人誌「群青」に発表した「朝の詩《ポエム》」という小説が、文藝評論家の勝又浩先生や「三田文学」の編集長加藤宗哉先生の目にとまり、身にあまる激励を頂いたのも、忘れられない思い出である。

世の片隅でひっそり書いていても、こうしてみてくださる方がいるのだと、力強い勇気と希望を与えられた。

それからポーランドという遠い異国にあって、私の詩を何篇も紹介して下さった「国際詩祭」や「イスクラ（火花）」の主宰者、編集長で詩人のアンジェイ・グラボフスキさんにも、お礼を申し上げたいし、その息子さんで国際コンクールでも金賞に輝く、イラストレーターのアルトゥール・グラボフスキさんが、イラストを描いて下さり、この詩集に華を添えて下さった。

その他多くの方々の励ましとご協力で、この詩集が誕生することになり、私としてはただただ感謝あるのみです。

思潮社の小田久郎様、小田康之様にも大変お世話になり、ありがとうございました。

青窓館にて　著者

二〇一二年十一月三日

初出一覧

雲上に生きる　日本未来派第216号

ポーランド語（つかだみちこ訳）ŻYJE CODZIENNIE NAD CHMURAMI ISKRA

NR 75-76 strona 16

出逢い　日本未来派第216号

うぐいすの声　日本未来派第219号

同伴者　日本未来派第211号

ポーランド語（つかだみちこ訳）TOWARZYSKA ŻYCIA Na kolejnej stronie

przedruk z miesięcznika KONGRES POETÓW-Tokio-maj 2005. Poeci XIV MJLP

w Strzyżowie（fragmenty artykułu）

女性二人絵（アルトウール・グラボフスキ）

来訪者　日本未来派第210号

名前　日本未来派第209号

脱皮　SONGERIE 16号

ロンドンの夜景　SONGERIE 20号

フレデリック・ショパン　日本未来派第200号

ポーランド語（つかだみちこ訳）Fryderyk Chopin

蒔く　日本未来派第201号

緑茶　日本未来派第205号

柿の詩　日本未来派第207号

森と湖と詩人の国を　日本未来派第198号

スイスアルプス　日本未来派第212号

ポーランド語（つかだみちこ訳）ALPY SZWAJCARSKIE

姿見　日本未来派第218号

クロッカスの詩　日本未来派第215号

ポーランド語（つかだみちこ訳）KROKUSY

青い海　日本未来派第214号

躍動（2）　日本未来派第220号

ある光景　日本未来派第221号

桜梅桃李の花　国際ペン日本大会のテーマ「環境と文学」の国際詩人、アンソロジーに参加作品（２０１０）

英語（Celine Nisaragi 訳）Blossoms of Cherry, Plum, Peach and Pear　同上

磯貝景美江（いそがい・けみえ）

略歴

千葉県佐倉市に生まれる。
日本文芸家協会、日本ペンクラブ、日本現代詩人会。
日本詩人クラブ、千葉県詩人クラブ、三田文学会。
日本未来派、群青（小説同人誌）各会員。

詩集　1972年12月　『躍動』掌詩人社
1975年12月　〃　〃　（再版）
1984年10月　『青い日々』　東京学芸館
1984年10月　『もうひとつの窓』　〃
1994年11月　『小さな城』書肆青樹社

◎ポーランド国際詩祭
2005年　ポグジェ文学祭、25周年記念号。
2006年　16回国際ガリツィア文学祭記念号。

◎ポーランド　イスクラ（火花）誌
2004年　43-45号。
2007年　69-70号。
〃　71-72号。
2008年　75-76号。
〃　79-80号。　に掲載（詩作品）つかだみちこ氏訳による。

略歴

◎アンジェイ・グラボフスキ

（1940－）ワルシャワに生まれる。

現ポーランド・クラクフ支部文学者協会々長、詩人。

「国際詩祭」、「イスクラ（火花）」誌主宰として、精力的に活躍。

国際微笑賞受賞者。

◎アルトゥール・グラボフスキ

（1971－）イラストレーターとして、パリの国際コンクールや数々の国際賞受賞者。

アンジェイ・グラボフスキの息子。

◎つかだみちこ

ポーランド文学研究家、ワルシャワ大学で現代ポーランド文学専攻、ポーランドの詩人、ノーベル賞受賞者「シンボルスカ」訳詩集がある。「イスクラ」誌特別編集委員、翻訳家、日本在住。

◎セリーン・ニサラギ

アメリカ生まれ、日本在住40年、毎日新聞に20年、英文にて、エッセイ執筆。二女一男を日本で育てる。沖縄の文化に興味を持つ。

磯貝景美江（いそがい・けみえ）
〒二七五－〇〇二一　千葉県習志野市香澄三－十五－十一

緑景《りょっけい》

著者
磯貝景美江《いそがいけみえ》
発行者
小田久郎
発行所
株式会社思潮社
〒一六二―〇八四二　東京都新宿区市谷砂土原町三―十五
電話〇三（三二六七）八一五三（営業）・八一四一（編集）
FAX〇三（三二六七）八一四二
印刷
三報社印刷株式会社
製本
小高製本工業株式会社
発行日
二〇一三年三月十日